Het geheim van de maffiamoeder

PSSST, *er zijn nog veel meer* GEHEIM*-boeken!*

Het geheim van Zwartoog – Rindert Kromhout
Het geheim van de boomhut – Yvonne Kroonenberg
Het geheim van het verdronken dorp – Tomas Ross
Het geheim van de snoepfabriek – Selma Noort
Het geheim van het kasteel – Chris Bos
Het geheim van de raadselbriefjes – Rindert Kromhout &
    Pleun Nijhof (winnares schrijfwedstrijd 2003)
Het geheim van het donkere bos – Rindert Kromhout,
    Chris Bos, Martine Letterie, Tomas Ross
Het geheim van Anna's dagboek – Tamara Bos
Het geheim van de roofridder – Martine Letterie
Het geheim van het Kruitpaleis – Hans Kuyper
Het geheim van het spookhuis – Selma Noort & Rosa Bosma
    (winnares schrijfwedstrijd 2004)
Het geheim van de muziek – Haye van der Heyden,
    Hans Kuyper, Martine Letterie, Anna Woltz
Het geheim van de verdwenen muntjes – Rindert Kromhout
Het geheim van ons vuur – Anna Woltz
Het geheim van de struikrovers – Chris Bos
Het geheim van de smokkelbende – Harmen van Straaten
Het geheim van de maffiamoeder – Haye van der Heyden
Het geheim van kamer 13 – Hans Kuyper & Isa de Graaf
    (winnares schrijfwedstrijd 2005)
Het geheim van de toverklas – Haye van der Heyden,
    Martine Letterie, Harmen van Straaten, Anna Woltz
    (september 2005)

Wil jij GEHEIM-nieuws ontvangen? www.geheimvan.nl

Haye van der Heyden

Het geheim van de maffiamoeder

Met tekeningen van Saskia Halfmouw

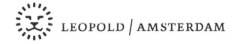

LEOPOLD / AMSTERDAM

NEDERLANDSE
KINDERJURY
2006

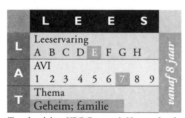

	L	E	E	S	
L	Leeservaring				
	A B C D E F G H				
A	AVI				
	1 2 3 4 5 6 7 8 9				
T	Thema				
	Geheim; familie				

vanaf 8 jaar

Toegekend door KPC Groep te 's-Hertogenbosch.

Eerste druk 2005

© 2005 tekst: Haye van der Heyden

© Omslag en illustraties: Saskia Halfmouw

Omslagontwerp: Rob Galema

Uitgeverij Leopold, Amsterdam, www.leopold.nl

ISBN 90 258 4610 6 / NUR 282

Inhoud

Iedereen werkt   7
Geheime missie   13
Blote vrouw   21
Hij blijft niet slapen   29
Echt inbreken   35
Blote vrouw met kleren aan   44
Je moeder zal maar verdacht zijn   52
Tranen in zijn ogen   57
Robot   65
Ontmoeting bij het zwembad   71
Een nieuwe geheime missie   78

Het geheim van Haye van der Heyden   83

Iedereen werkt

Het was op een zaterdagmiddag, een gewone saaie zaterdagmiddag. Daniël zat met Friso te internetten, maar dat deed hij al een paar uur, dus dat begon hem behoorlijk te vervelen. En toen opeens stelde Friso die ene vraag en daar was het allemaal mee begonnen.

'Wat doet jouw moeder?'

Daniël keek hem aan.

'Wat voor beroep ze heeft,' verduidelijkte Friso.

Daniël dacht even na. Helemaal geen beroep. Toch?

'Niks, geloof ik,' zei hij. 'Ze heeft geen beroep.'

'Hoe kan dat nou? Hoe komen jullie dan aan geld?'

Weer zo'n vraag. Daniël werd er een beetje ongeduldig van.

'Gewoon,' zei hij. 'Van de bank.'

Friso liet het er niet bij zitten: 'Maar hoe komt het dan op de bank? Geld moet je eerst ergens mee verdienen en dan zetten ze het op de bank en dan kun je het eraf halen om dingen mee te kopen. Zo gaat dat.'

Voelde Daniël al dat er iets niet klopte? Waarom werd hij kwaad van deze vragen?

'Hou toch op,' zei hij en hij liep de kamer uit om tv te gaan kijken.

'Of is het omdat je vader dood is? Hebben jullie daarom geld gekregen?' riep Friso hem na.

Twintig minuten later vertrok Friso. 'Ik zie je morgen.'

'Mmm.' Daniël keek niet op van de televisie. Hij had geen zin om morgen weer met Friso te spelen, maar dat is niet aardig om te zeggen. En misschien had hij morgen wel zin.

'Bye.'

'Bye.'

Daniël deed de tv uit, liep naar het raam en keek hoe zijn vriend de straat overstak en het pad van zijn eigen huis op liep.

Hij ging in de vensterbank zitten. Was Friso zijn beste vriend? Soms wel en soms niet. Nu even niet, met zijn stomme vragen.

Hij zat daar misschien wel een halfuur, terwijl hij zijn moeder boven hoorde rommelen. Wat hij ook dacht, hij kon dat ene niet uit zijn kop krijgen. Die vraag van Friso had hem aan het denken gezet: hoe kwam zijn moeder aan het geld waarvan zij leefden?

Kreeg je geld als je man doodging? Van wie dan? Misschien was ze gewoon zelf rijk? Nee. Oma en opa waren niet rijk, dus ze kreeg het niet van haar vader en moeder. Wat dan? Hoe zat dat?

Op de een of andere manier wilde Daniël het niet aan zijn moeder vragen. Hij voelde dat er iets geheimzinnigs aan de hand was. Er werd nooit wat over gezegd.

Waarom had hij daar nooit eerder aan gedacht? De vaders en moeders van al zijn vrienden werkten. Op een kantoor of in een winkel. En de vader van Jara werkte zelfs bij de televisie. Iedereen deed iets.

Maar zijn moeder niet. Die was altijd thuis. Het moest iets met zijn vader te maken hebben. Want over hem werd ook nooit gepraat.

'Ik moet nog even naar de slager, ga je mee?'

'Ik blijf wel thuis.'

'Vind je het niet vervelend alleen?'

'Nee hoor.'

'Geen geklooi met lucifers, hè?'

'Nee nee.'

'Ik ben over drie kwartier terug. Als er iets is, ga je maar even naar de overkant. Anne-Marie is thuis.'

Daniël wachtte tot ze het tuinpad af gereden was.

Drie kwartier, hij had drie kwartier. Vlug rende hij naar zijn moeders slaapkamer. Boven op de grote kast bewaarde ze een ijzeren kistje. Hij wist niet wat erin zat.

Hij schoof een stoel bij de kast, klom erop en pakte het kistje. Het was zwaar, iets te zwaar. Hij liet het bijna vallen, stapte van de stoel af en liet het kistje op het bed ploffen. Shit, de sleutel zat er niet in.

Hij zocht in de laden van de kastjes naast het bed. Hij zocht in de doosjes die op de kaptafel stonden. Hij zocht zelfs in de toilettassen in de badkamer. Geen sleutel.

Hoeveel tijd had hij nog? Ze was weggegaan om een uur of drie en het was nu vijf voor half vier. Dit ging niet lukken. Dat kistje moest weer terug. Hij kon het een stukje de kast op schuiven en vervolgens verder naar achteren. Stond het net ook zo? Zoiets toch?

Hij zette de stoel terug en liep naar beneden. Nu wist hij nog niks.

Wacht. Het bureautje.

In het midden van de kamer stond zijn moeders bureau.

Daar zat ze als ze rekeningen betaalde of als ze aan de telefoon was. Dan kon ze dingen opschrijven in haar agenda of op de blocnote.

In het bureau lagen alleen maar papieren. Van alles en nog wat door elkaar. Daniël kon er geen wijs uit. Wat was dat allemaal? Zeker verzekeringen en zo. Als hij iets niet begreep had het altijd met verzekeringen te maken.

Zonder dat hij wist waar hij naar zocht, opende hij het ene laatje na het andere. Hij frummelde met zijn vingers door de papieren heen totdat...

Totdat hij opeens bij een mapje van de bank kwam.

Natuurlijk, de bank. Het geld stond op de bank, maar het kwam ook ergens vandaan. En dat was de vraag. Waar kwam het geld vandaan dat op de bank stond?

Daniël keek in het mapje. Een hele stapel blaadjes met cijfers erop. Even kijken, hoe werkte dat? Wat was nou betalen en wat was nou dat je het kreeg van iemand?

Wacht, links stond heel vaak Albert Heijn met dan rechts tussen twee strepen een paar cijfers. 35 komma 50. Of 43 komma 20. Dat had ze dus waarschijnlijk betaald.

Waar stond dan wat je kreeg van iemand? Kijk, daar stond tussen twee andere streepjes een groot getal: 1800. Dat zou wel eens geld kunnen zijn dat ze had gekregen.

Daniël las de naam die erbij stond: Montani, te Meersum. Nooit van gehoord. Montani? Wat was dat voor naam?

Hij keek in het mapje de andere papiertjes door. Ja kijk, daar was het weer. Montani. Weer 1800. En daar weer. Ja hoor. Dat was wat. Montani, dat klonk Italiaans. Kreeg ze geld van een Italiaan?

Er flitste iets in zijn ooghoek. De auto van zijn moeder draaide weer het tuinpad op. Snel stopte Daniël het mapje terug in het laatje en schoot weg van het bureau. Hij pakte de afstandsbediening, zette de tv aan en ging op de grond liggen kijken.

'Daar ben ik weer. Wat heb je gedaan?'

'Niks. Beetje tv gekeken.'

'We eten hamburgers. Met sla.'

'Lekker.'

Montani. Dat klonk als een maffianaam. Mijnheer of

mevrouw Montani betaalde steeds 1800 euro aan zijn moeder. Waarvoor? Wie was die Montani en waarom deed hij of zij dat?

Daniël besloot dat hij dat wilde weten. Hij moest en zou erachter komen. Hij zou niets aan zijn moeder vragen. Nee. Want waarom had ze er nooit iets over gezegd? Daar moest een reden voor zijn!

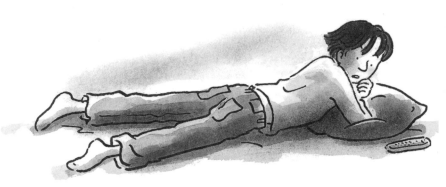

Geheime missie

'Wat ga jij vandaag doen?' vroeg Friso toen Daniël hem die volgende ochtend op straat tegenkwam.

Daniël aarzelde. Hij zou er toch niet over praten?

'Ik heb een geheime missie,' zei hij om tijd te winnen.

'Een geheime missie? Wat dan?'

'Dat is geheim.'

'O ja.' Friso vond dat blijkbaar nogal logisch. En dat was het natuurlijk ook. Geheime missies waren geheim.

'Mag ik mee?'

Daniël keek zijn vriend aan. Gisteren nog had hij bedacht dat hij vandaag niet met 'm wilde spelen. Maar ja. Alleen op geheime missie is ook maar alleen.

'Oké, maar je mag niks weten en je mag er tegen niemand iets over vertellen.'

Friso knikte. 'Ik zweer het.'

De vogels in de bomen stopten even met zingen. De natuur voelt dat er iets belangrijks gaat gebeuren, dacht Daniël.

Hij vroeg zich af hoe hij het aan moest pakken. Hoe kon hij Montani vinden?

'Maar als ik niks weet, kan ik ook niks verder vertellen,' zei Friso peinzend. 'Dus als je wilt dat ik niks zeg over wat ik weet, moet je me eerst iets vertellen. Anders weet ik niks.'

Het viel Daniël op dat zijn overbuurjongen nogal dom

stond te kijken. Een beetje als een koe. Hij was zeker aan het nadenken.

'Nou, oké dan. Ik kan je wel iets vertellen. We moeten op zoek gaan naar ene Montani. Hier in het dorp. Maar verder kan ik niks zeggen.'

'Want het is een geheime missie.'

'Precies.'

Weer keek Friso even als een koe. 'En waar woont die Montani?'

'Dat weet ik niet. Daar moet ik juist achter zien te komen. Daarom is het een missie.'

'O ja.'

Ze liepen samen een stukje de weg af. Zoals ze zo vaak deden. Gewoon, om te kijken of ze iets tegenkwamen. Of er ergens een hond buiten liep die ze konden aaien. Of ze iemand konden helpen met het wassen van zijn auto, voor een paar euro.

'Waarom kijken we niet in het telefoonboek?'

Daniël keek zijn vriend verbluft aan. Natuurlijk. Het telefoonboek!

'Je bent een briljante koe,' zei hij.

'Koe?'

'Laat maar. Kom, we gaan naar jouw huis.'

Ze keerden om en renden terug. De missie was begonnen.

'Wat is de haast?' vroeg Anne-Marie toen de twee jongens naar binnen denderden.

'Geheim,' zei Friso tegen zijn moeder. 'We zijn met iets zeer geheims bezig. En dat mag je ook aan niemand ver-

14

tellen. Dat we met iets geheims bezig zijn.'

'Oei,' zei Anne-Marie. 'Ik hoop niet dat ze me gaan martelen.'

'Waar is het telefoonboek?'

'Op het kastje waar het altijd ligt.'

Daniël en Friso overlegden fluisterend. Friso's broer Vincent keek op van het M S N-en.

'Montani, Montani, Montani,' fluisterde Daniël nog zachter.

'H, I, J, K, L...' zei Friso. 'Na de L.'

'Meermans, Mierman, Moerdijk, Montani.'

'Echt waar? Heb je 'm?'

Vincent was nu opgestaan en kwam nieuwsgierig naar hen toe.

'Vince, donder op,' schreeuwde Friso. 'Wij zijn bezig.'

'Wie gaan jullie opbellen?'

'Niemand. Rot op.'

'Vincent, laat die jongens met rust,' zei Anne-Marie, die net binnenkwam met de post. 'Ze hebben een geheime missie.'

'Mahaaaaam!' kermde Friso. 'Papa heeft gelijk. Jij kan je mond niet houden.'

'Sorry hoor. Ik probeerde alleen maar te helpen. Kom, Vince, laat die jongens met rust.'

'Een geheime kleutermissie,' lachte Vincent. 'Als er maar geen dooien vallen.' Hij ging weer achter de computer zitten.

Even wachtte Daniël, toen fluisterde hij: 'Moet je kijken! Er zijn twee Montani's. Dat had ik niet gedacht.'

'Twee Montani's,' lispelde Friso. 'Oké, ik schrijf de adressen op.' Hij pakte een pen en een stuk papier en schreef de twee adressen over.

Daniël zag dat zijn vriend met een scheef oog zijn broer in de gaten hield. Daarna vouwde Friso het papiertje zorgvuldig op en stopte het in zijn zak.

'Laten we gaan.'

Toen ze weer op straat liepen en een stuk van het huis verwijderd waren, haalde Friso het papiertje tevoorschijn, vouwde het open en las: 'Dennenweg 17 is de ene. En die ander is op de Bachlaan. Nummer 23.'

'Bachlaan?' Daniël dacht na. 'Weet jij waar de Bachlaan is?'

'Nooit van gehoord. Misschien is dat een geheime laan.'

'Laten we eerst maar naar die andere gaan.'

Daniël wist precies waar de Dennenweg was. Twee jongens van school woonden er en je had er ook een paar winkels.

Tien minuten later stonden ze voor Dennenweg 17. Het was een onopvallend huisje, dat wit geschilderd was. Erg geheim zag het er niet uit, maar dat kon natuurlijk ook een dekmantel zijn.

'Wat nu?' vroeg Friso.

'Tja.' Daniël wist het ook niet. Moesten ze gewoon aanbellen en vragen naar Montani? Niet verstandig. Dan wist Montani dat er iemand naar hem of haar op zoek was. En dan was de geheime missie niet zo geheim meer.

'Oké,' zei Daniël. 'We wachten gewoon tot er iemand naar buiten komt.'

De twee gingen aan de overkant van de straat op een muurtje zitten. Geheime missies konden soms saai zijn, dat wist Daniël. Het hoorde erbij. Je moest niet denken dat je als geheim agent alleen maar liep te schieten en aan het achtervolgen was. Het was ook vaak gewoon saai werk.

Toch viel het mee deze keer. Niet dat er iemand naar buiten kwam, nee, er ging iemand naar binnen. Het was een oud mannetje met een langwerpige, leren tas.

'Alles goed, Luigi?' vroeg een man die net langs kwam lopen.

'Prima, prima,' kraste de oude man met een hese stem en hij ging naar binnen.

Daniël keek Friso aan.

'Wat een rare tas had die man bij zich!'

'Een tas voor iets langs,' zei Friso. 'Een geweer.'

'Een geweer?' Daniël deed zijn wenkbrauwen omhoog. 'Wat moet zo'n oud mannetje met een geweer?'

'Het is natuurlijk een huurmoordenaar. Dat is toch logisch? Een huurmoordenaar voor de maffia. Dat zijn altijd van die ouwe mannetjes. Het is toch een Italiaan?'

De maffia? Daniël dacht dat hij gek werd. Had Friso

het nu opeens over de maffia, terwijl hij zelf gisteren... Dit kon toch geen toeval zijn?

Even zaten ze daar nog te wachten, zonder te praten. Maar er gebeurde niets meer. De huurmoordenaar was waarschijnlijk een slaapje aan het doen.

'Wat doen we nu?' vroeg Friso.

'Bachlaan,' zeiden ze in koor.

Maar waar was die?

Ze vroegen het hier en daar aan mensen op straat. Niemand wist het. Dat was toch vreemd. Tot ze het aan een dame vroegen die net uit een dure BMW stapte.

'De Bachlaan? Jazeker weet ik waar die is. Maar dan zitten jullie een flink stuk uit de buurt. Dat is aan de andere kant van het dorp. Bij de Mozartlaan en de Beethovenlaan. Weet je wel? Achter het Rozenpark.'

Daniël knikte. Nu wist hij ongeveer waar het was. 'Dankuwel.'

'Vette auto,' zei Friso.

Ze renden naar huis om hun fietsen te halen en gingen op weg naar de Bachlaan. Door het Rozenpark mocht je niet met de fiets, maar ze deden het toch en niemand zei er wat van.

Achter het park lag een buurt waar ze allebei nog nooit geweest waren. Het waren maar een paar straten. De Bachlaan was een zijstraat van de Beethovenlaan.

'Shit hé, wat een grote huizen staan hier!' riep Friso uit. 'Hier wonen alleen maar miljonairs.'

Het grootste huis bleek nummer 23 te zijn. Het had een oprijlaan en zes ramen aan de voorkant. De tuin was zo groot dat je er een compleet voetbalveld op kon maken. Ze zetten hun fietsen tegen een boom en staarden naar het enorme huis.

'Hier woont iemand van de maffia,' zei Friso. 'Dat kan niet anders. Hier woont de baas. Die ouwe in het dorp is natuurlijk zijn neef en die doet het vuile werk.'

Daniël keek hem geschrokken aan. Zouden de Montani's echte misdadigers zijn? Was het een misdadiger die zijn moeder elke maand geld betaalde? Hoe zat dat? Zou zijn moeder dan ook bij de maffia werken? Als wat dan? Ook als huurmoordenaar of zo?

'Er is niemand te zien,' zei Friso met gedempte stem. 'Dat vind ik heel verdacht.'

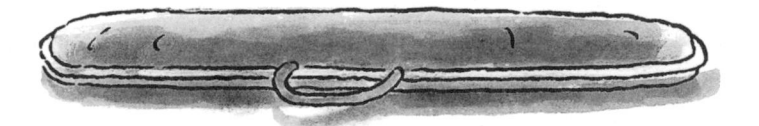

Blote vrouw

'Wat denk je?'

'Wat bedoel je?'

'Moeten we het huis besluipen?'

Daniël keek bedenkelijk. Het huis besluipen? Als daar echt mensen van de maffia woonden hingen er waarschijnlijk overal camera's. En als ze dan zagen dat er vreemde jongens over het terrein slopen, zouden ze waarschijnlijk de honden loslaten. Van die zwart-bruine met spitse neuzen. Die hapten toe, schudden met hun hoofd en dood was je. Zou het maffia zijn?

'Ik weet het niet,' zei hij.

'Moet je dan voor die geheime missie alleen maar naar het huis kijken? Beetje raar. Toch?'

Friso had gelijk. Alleen naar een huis kijken was niet genoeg. Hij moest erachter komen wie Montani was. En vooral waarom hij zijn moeder geld overmaakte.

'Oké.' Daniël trok een strak gezicht. 'We doen het.'

'Echt?'

'We zullen wel moeten.'

Eerst verborgen ze hun fietsen een stuk verder in de bosjes. Dan waren ze vanaf de weg niet te zien en konden ze ze toch snel pakken. Kan een jongen harder fietsen dan een hond kan rennen? Mmm, waarschijnlijk niet.

'Hier. We kunnen hier langs dat hek en dan gaan we er daarginds overheen. Hier kan iedereen ons zien.'

Met gebogen ruggen draafden ze achter elkaar langs het hek dat de tuin scheidde van een stuk bos. Het hek was nieuw maar niet erg hoog. Blijkbaar waren ze niet heel bang voor indringers.

Of was dat ook een dekmantel? Als je een heel hoog hek om je tuin heen zet, dan weet iedereen dat je iets te verbergen hebt. Of dat er heel veel te stelen is.

'Hier kunnen we eroverheen.'

Naast het hek stond de stronk van een afgezaagde boom. Dat was een perfect opstapje.

Daniël ging eerst. Hij leunde met zijn rechterhand op een paaltje en zwaaide zijn benen over het hek. Daarna vertelde hij Friso hoe het moest.

'Kom. Nu springen. Goed zo.'

Even stonden ze stil, hijgend, de oren gespitst. Ze hoorden alleen de vogels en het ruisen van de bomen.

'Die kant op. Zachtjes nu.'

Voet voor voetje gingen ze verder. Door de bomen heen flitste het wit van het huis. Ze bevonden zich nu aan de zijkant, waar alleen een muur was zonder ramen. Het zou de zijkant van de garage kunnen zijn.

'We gaan naar de achtertuin. Kom.'

Ze hielden de muur aan hun linkerhand en liepen verder naar achteren. Daar hadden ze een goed uitzicht op de tuin achter het huis.

'Sjongejonge.' Friso klakte met zijn tong. 'Moet je kijken zeg.'

Er was een enorm grasveld dat omhoog en omlaag golfde. Links daarvan, aan de rand van het bos, lag een tennisbaan en daarnaast een zwembad met een huisje erbij.

'Moet maffia zijn,' bromde Friso. 'Moet. Maar zo te
zien is er niemand thuis.'

'Waarom staan dan die deuren open?' vroeg Daniël
zacht. Hij wees naar twee deuren aan de achterkant van
het huis, die wijd opengeslagen waren.

'Shit. Je hebt gelijk. Er moet iemand zijn.'

Ze hurkten en drukten zich in een rododendron. Er
moest iemand zijn!

Zo zaten ze daar in stilte, wel een minuut of twee, drie
lang, maar er gebeurde niets. Er liepen geen mensen en
er klonken geen stemmen.

'Misschien zijn ze allemaal doodgeschoten door een andere familie,' fluisterde Friso. 'Zullen we even binnen kijken? Heb jij wel eens een lijk gezien?'

Daniël keek hem aan. Naar binnen gaan? Dat ging hem iets te ver.

'Laten we nog even verder kijken,' zei hij. 'Misschien is er iemand bij dat huisje naast het zwembad.'

'Oké.'

Ze kwamen omhoog en slopen een stukje verder in de richting van het bos. Nog een stukje en nog een stukje. Opeens zag Daniël iets bewegen.

'Pssst. Ssst.' Hij strekte zijn arm uit om Friso tegen te houden. 'Daar ligt iemand.'

'Shit ja.'

Ze stonden stil, hurkten weer en keken. Met ingehouden adem. Want daar, misschien twintig meter verderop, lag een vrouw op een zonnebed. Een vrouw met weinig kleren aan. Om precies te zijn: een vrouw met helemaal geen kleren aan.

'Shit. Ze is bloot,' fluisterde Friso. 'Helemaal.'

'Ja man, dat zie ik ook wel,' antwoordde Daniël zenuwachtig. Hij keek om zich heen. Dit was de bedoeling niet. Het was niet zijn bedoeling een blote vrouw te bespieden.

'Zie je wel. Maffia!'

'Hè? Wat heeft dat nou met maffia te maken?'

'Die hebben altijd blote vrouwen aan een zwembad liggen. Dat weet je toch wel? En die worden dan ook doodgeschoten, terwijl ze niks gedaan hebben.'

Friso keek of hij er alles vanaf wist. 'Maar het is hun

eigen schuld. Moet je maar niet met de maffia omgaan.'

'Is het een meisje of een vrouw?' vroeg Daniël zacht. Hij keek nog eens goed.

Zou dat een misdadiger kunnen zijn? vroeg hij zich af. Zo'n mooie blote vrouw?

'Ik weet het niet,' zei Friso. 'Het is geen moeder of zo. Maar het is ook geen meisje. Zo zien meisjes er niet uit. Niet de meisjes die ik ken.'

En ze zag er ook niet uit als een rijke Montani, stelde Daniël vast. Nee. Ze was te jong om alleen in zo'n huis te wonen.

'Mooi hè?' Friso zuchtte. 'Die tieten en zo.' Hij ging zitten en staarde met open mond naar het zonnebadende wonder.

'We moeten wegwezen,' sprak Daniël. 'Als iemand ons hier ziet, denkt hij dat we vieze kereltjes zijn die blote meisjes besluipen.'

Zijn vriend luisterde niet. Hij keek alleen maar. Daniël wilde hem net aan zijn mouw meetrekken, toen er iemand het huis uit kwam.

'Daar komt iemand! Stil!'

Het was een oudere man. Hij droeg een dikke badjas en een zonnebril en liep in de richting van het zwembad.

Het meisje ging overeind zitten. Ze zei iets wat Daniël niet kon verstaan. De man antwoordde en lachte. Hij liep naar haar toe en ging op het zonnebed naast haar zitten.

Pas toen kon Daniël de man goed bekijken. Er ging een schok door hem heen, maar hij wist niet waarom. Had hij die man eerder gezien? Er was iets wat hem bekend voorkwam. Het zat 'm in hoe de man zich bewoog. Hoe

hij zijn armen ophief als hij iets zei, hoe hij zijn hoofd
scheef hield. Het kwam Daniël bekend voor.

'Maffia,' zei Friso. 'Dat zie je zo. Zo'n ouwe vent met
zo'n jonge vrouw. Dat is maffia.'

Daniël zweeg. Hij kon zijn ogen niet van de oudere
man afhouden. En wist het zeker: dit was de Montani die
hij zocht. Zeker weten. Dat was 'm.

'O shit,' klonk het opeens naast hem. 'Wegwezen.'

Friso wees in de richting van het huis. Daar kwam nog

iets naar buiten. Het was groot, lichtgeel en liep op vier poten.

Het was een labrador, zag Daniël. De hond kwam rustig naar buiten gesukkeld en zag er niet gevaarlijk uit. Maar toch.

'Wegwezen,' siste Friso nog eens, nu iets te hard. Hij draaide zich om en begon te rennen.

Daniël zag in een flits wat er gebeurde. De hond spitste zijn oren en draaide zijn kop naar hen toe. De man volgde de blik van de hond en stond op van zijn zonnebed. En de jonge vrouw keek om en ving enorme bundels zonlicht in haar verbaasde ogen.

Daniël bewoog zich niet. Het was alsof hij een foto maakte. Die hond, die man, dat meisje. Een prachtige zonnige foto was het, die opeens weer tot leven kwam.

De hond blafte, de man riep iets en het meisje reikte naar haar handdoek. Dat was het laatste wat Daniël zag. Toen draaide ook hij zich om en begon achter Friso aan te rennen.

O god, o god, o god. Toch een hond! Toch een hond!

Hij rende en rende. Hoorde hij iets achter zich? Durfde hij om te kijken?

Friso was al bij het hek, een meter of tien voor hem. Met een enorme sprong schoot hij eroverheen.

Daniël moest nog tien meter, nog zeven, nog drie. Vlak achter hem klonk geblaf, elk moment zou hij de scherpe tanden in zijn kuiten kunnen voelen.

Nu niet aan denken en doorrennen. Nog twee meter, nog één. Hij nam net zo'n sprong als hij Friso had zien doen. Hij voelde dat zijn schoen het hek raakte, hij klapte voorover en schoot een grote struik in. Takken striemden langs zijn gezicht, zijn schouder schuurde langs een stam en daar lag hij.

Even bleef hij versuft liggen. Toen hij opkeek zag hij de blaffende hond aan de andere kant van het hek.

'Kom Daan, rennen!' gilde Friso. 'Rennen! Anders knallen ze ons overhoop!'

Daniël krabbelde overeind en rende.

Hij blijft niet slapen

'Ben jij in mijn kamer geweest?'

Daniël keek zijn moeder aan. Zou hij kunnen liegen? Was het echt een vraag of wist ze het gewoon al? Zo te zien wist ze het al. Hij knikte dus maar.

'Waarom? Heb je aan mijn kistje gezeten?'

'Ja.'

'Waarom?'

'Ik wilde kijken wat erin zat.'

'Dat is privé. Van mij. Dat weet je. Ik ga ook niet in jouw spullen snuffelen.'

'Ja mam. Nee mam.' Daniël kende het verhaal. Zijn moeder was daar altijd heel fel op. Waarom eigenlijk? Had ze iets te verbergen? Ja dus.

'Je kon de sleutel zeker niet vinden, hè?'

'Nee.'

Wat keek ze opeens raar naar hem. Wat een vreemde blik. Was dat zijn moeder wel, die vrouw met die harde trek om haar mond? Misschien was hij wel een dekmantel. Wie zou er een vrouw met een zoon verdenken?

'Wat zoek je eigenlijk?'

'Niks. Gewoon.'

'Dat is niet gewoon. Je moet van mijn spullen afblijven. Oké?'

'Oké, mam.'

Ze was eigenlijk altijd lief en aardig, behalve als het

om dit soort dingen ging. Of om dat stomme kistje. Dan was ze opeens erg streng.

Alles wees erop dat er iets was wat Daniël niet mocht weten. Zou het kunnen dat ze een misdadigster was? Dat ze een pistool in dat kistje bewaarde en valse paspoorten en zo? Dat moest het zijn.

Soms was ze wel eens een paar dagen weg. Met vriendinnen, zei ze dan, maar hij wist eigenlijk niet welke vriendinnen. Vriendinnen van vroeger. Op verjaardagen zag hij wel eens een paar vrouwen die hij niet kende, maar echt vaak kwamen ze niet.

Misschien waren zij ook een dekmantel en ging zijn moeder die paar dagen op een echte geheime missie? Wat zou ze dan doen? Een bank beroven of iemand vermoorden?

Daniël keek naar haar. Zou zij iemand kunnen doodschieten? Misschien wel. Even fantaseerde hij daarover. Hij zag haar in zwarte kleding en in een donkere auto. Ze zag er mooi uit, met lipstick en een zonnebril op. Ze was snel en meedogenloos.

'Wat doe je?' vroeg ze even later.

Daniël schreef alles van zijn geheime missies op.

'Niks. Zomaar. Iets met Friso.'

Die week was hij een paar keer langs het huis aan de Bachlaan gefietst. Eerst heel snel, later rustiger. En soms wandelde hij erlangs, met de fiets aan de hand.

Waarom zou hij bang zijn? Ze hadden hem toch niet gezien? Niemand wist dat zij daar geweest waren.

Eén keer had hij daar nog iemand gezien, een oudere

vrouw met mooie kleren die in een kleine sportauto stapte. Ze keek even naar hem toen ze het hek uit reed en zwaaide. Alsof ze hem kende.

Daniël deed toen snel of hij iets op de grond had laten vallen, raapte het zogenaamd op en fietste verder.

Een andere keer dat hij langskwam stond er een auto van De Populier, het nieuwe tuincentrum. Er waren mannen aan het werk in de tuin.

Thuis schreef hij dingen op. Het nummerbord van de auto van de oudere vrouw. De tijd dat ze wegging.

En hij maakte tekeningen van het huis. Een plattegrond met het zwembad erop en de tennisbaan. En hij tekende de ligbedden.

Zou hij proberen het meisje of de vrouw ook te tekenen? Dat lukte vast niet. Nee, er konden beter geen mensen bij. Het ging gewoon om het huis en de tuin.

'Ik maak een soort werkstuk, zou je kunnen zeggen,' zei hij tegen zijn moeder.

'O.'

Regelmatig praatte hij er met Friso over. Die had het steeds over dat meisje.

Daniël was zelf meer met die oudere man bezig. Hoe kon hij erachter komen wat voor beroep de man had? Hij wilde meer weten, maar hoe moest hij dat aanpakken?

Hij zou graag een kijkje nemen in het huis, maar hoe kwam hij daar binnen? Hij kon toch niet gaan inbreken? Hij moest proberen die mensen te leren kennen, maar hoe?

'Ik krijg straks bezoek. Iemand die je niet kent. Nog niet. Je weet wel, die man waar ik vorige week mee uit ben geweest. Hij komt eten.'

'O.'

'Hij blijft niet slapen, dat beloof ik je.'

'Oké.'

Soms kreeg ze bezoek van een man. Meestal at Daniël dan vooruit of hij at en sliep bij Friso. Leuk vond hij dat allemaal niet, maar zijn moeder had hem uitgelegd dat een vrouw alleen soms behoefte had aan gezelschap.

Ze hoopte ooit een andere man tegen te komen waar ze verliefd op kon worden. Daniël hoopte dat dit nooit ging gebeuren. Wie zijn vader ook geweest was, er kon vast niemand tegen hem op. En bovendien, hij wilde helemaal niet dat er iemand bij hen kwam wonen.

Was ze wel op zoek naar een andere man? Misschien was dat ook een leugen en kwam de man haar instructies geven voor haar volgende klus.

'Slaap ik bij Friso?'

'Dat kan niet. Anne-Marie heeft ook eters. Maar Hein is een leuke vent. Ik denk dat je 'm heel aardig vindt.'

Daniël haalde zijn schouders op. Dat zei ze altijd en het was nooit zo. Hij vond die mannen nooit aardig. Ze deden altijd slijmerig tegen hem en behandelden hem alsof hij vijf jaar oud was.

Soms kwam een tijdje dezelfde man langs. En als die opeens niet meer kwam, was zijn moeder een avond niet te genieten of heel verdrietig. En dan was het weer voorbij.

Als ze verdrietig was, troostte Daniël haar wel eens.

Dan hield ze hem altijd heel stevig vast, waardoor hij bijna stikte. Daarna ging ze vaak een paar dagen weg.

Verrek ja. Daarom ging ze een paar dagen weg: dan had de man haar verteld wat ze moest doen natuurlijk! Want als ze terugkwam was ze altijd erg opgelucht! En overdreven vrolijk.

Ze vond het natuurlijk niet fijn om iemand te vermoorden, maar wat moest ze anders?

'Waar gaat dat werkstuk over? Wat schrijf je allemaal op?'

'Niks. Nergens over.' Hij bedekte het papier met zijn hand. 'Het is privé.'

Zijn moeder lachte. 'Oké.'

Een uurtje later ging de bel en stond er een man op de stoep.

'Hallo, ik ben Hein.'

'Daniël.'

'Hallo Daniël.'

Hein kwam binnen en kreeg een glas wijn. Daniël zag dat zijn moeder deze keer misschien wel gelijk kon hebben. De man zag er aardig uit. Hij stelde zich ook niet aan. Hij vroeg en vertelde gewoon dingen. Hij was lekker rustig.

Maar dat zijn natuurlijk de gevaarlijkste!

'Hein weet alles van bloemen en planten,' zei zijn moeder.

'Dat valt nogal tegen,' lachte Hein. 'Maar ik weet alles van mensen die er alles van weten.'

'Hein is de baas van De Populier, het nieuwe tuincentrum, weet je wel?'

Daniël keek op. Hé.

Anderhalf uur later ging hij naar boven. Hij kon het niet nalaten nog even rond te snuffelen op zijn moeders kamer, de stemmen beneden maakten dat het veilig was. Hij vond een papiertje met namen erop geschreven. Namen die hij niet kende.

De bovenste twee waren doorgestreept.

Echt inbreken

Het was woensdagmiddag, een paar dagen later.

'Dit zijn Friso en Daniël. Zij willen wat geld bijverdienen,' zei Hein.

'Hoe oud zijn jullie, jongens?' vroeg één van de tuinmannen.

'We zijn al twaalf,' loog Daniël.

Hein lachte. 'Ze helpen gewoon een beetje. Jullie mogen namelijk nog niet echt werken. Daarvoor moet je vijftien zijn.'

'Dat weten we,' zei Friso. 'Maar het is ook geen werk. Het is voor school. Een soort stage.'

'We willen later zelf ook tuinman worden,' voegde Daniël eraan toe.

Het was de ene leugen na de andere, maar de mannen kon het duidelijk niks schelen. Ze lachten wat en haalden hun schouders op.

'U werkt toch ook op de Bachlaan?' vroeg Friso brutaal.

Daniël keek hem geschrokken aan. Waarom vroeg hij dat? Stom zeg.

'Mogen we dáár niet helpen?' ging Friso verder. 'Dat vinden we zo'n mooie tuin.'

Hein en de tuinmannen keken elkaar even snel aan. Wat was dat? Daniël zag het. Zie je wel, er was iets. Die blikken betekenden iets. Er was iets waar niet over gepraat kon worden.

'Waarom wil je per se daar?' klonk het achterdochtig.

'O, daar woont een meisje dat ik ken. Of nou ja, ik ken haar niet echt, maar ik heb haar wel eens gezien.'

Nu lachten de mannen, allemaal behalve Hein. Die keek nog steeds ernstig.

'Ja ja, dat meisje hebben wij ook wel eens gezien.'

'Nu begrijp ik waarom je tuinman wil worden.'

'Zo jong en dan al zo bedorven.'

Hein aarzelde. Hij wist duidelijk meer dan de anderen. Toen legde hij zijn hand op Friso's hoofd.

'Zul je je wel netjes gedragen? Ik wil geen klachten.' Hij zei het dreigend en scherp.

Hij begreep natuurlijk dat het verdacht was als Daniël en Friso overal mochten helpen, behalve op de Bachlaan. Als je bij de maffia bent, moet je doen alsof je heel gewoon bent, alsof er niets aan de hand is, alsof alles net zo is als bij normale mensen.

'Ik ben altijd netjes,' zei Friso.

En weer lachten de tuinmannen hard.

Daniël vond het wel best zo. Niemand lette op hem. Hij was de stille. Dat was heel goed. Als je een geheime missie hebt, moet je ervoor zorgen dat je niet te veel opvalt. Dat weet elke spion en elke geheim agent.

'We gaan er straks heen,' zei de grootste tuinman. 'Kom maar mee.'

'Je moet het wel even vragen aan die mensen. Of ze het goed vinden,' zei Hein met lage stem. En hij maakte een gebaar met zijn hand.

Wat was dat? Wat betekende dat gebaar?

Even later zaten de jongens op de kleine achterbank

van de bestelauto. Friso knipoogde naar Daniël. Was dat even mooi gelukt, leek hij te willen zeggen.

Maar Daniël wist niet zeker of alles zo geweldig was. Liepen ze geen gevaar?

Voorin zaten twee tuinmannen. De een reed en de ander at boterhammen uit een plastic zakje. Het zag er heel gewoon uit. Dat maakte het juist zo verdacht.

Toen ze stopten voor het huis zag Daniël dat de oudere vrouw net uit haar sportauto stapte en naar het huis liep. Toen ze even omkeek en de bestelwagen van het tuincentrum zag, stopte ze en liep het tuinpad af, in hun richting.

'Wachten jullie maar even in de auto,' zei een van de tuinmannen snel en hij stapte uit.

De jongens keken toe hoe hij overlegde met de vrouw, waarbij hij een paar keer in hun richting wees.

De vrouw knikte. Toen praatten ze nog even, de tuinman wees naar een paar bomen en vervolgens liep de vrouw het tuinpad weer op en ging naar binnen.

'Kom maar heren, mevrouw Montani vindt het goed.'

Daniël en Friso keken elkaar aan. Dat klopte dus alvast. Dat was mevrouw Montani.

'Pak maar een schep,' zei de ene tuinman, toen ze achter het huis waren gekomen, in het stuk bos achter de tennisbaan.

'Wat moeten we eerst doen?' vroeg Daniël.

'Even kijken...' De tuinman keek om zich heen. 'Jullie mogen wel samen daar een kuil graven. Is zwaar werk hoor. Als er teveel wortels zitten, roep je ons maar.'

Een kuil? Waarvoor?

'Hoe diep moet die kuil zijn?' vroeg Friso.

'Gewoon. Twee meter lang. Zoiets als een graf.'

De jongens keken elkaar aan. Daniël voelde de rillingen over zijn rug lopen.

De twee mannen liepen naar de schuur bij de garage. Daniël keek uit zijn ooghoek hoe ze naar buiten kwamen met een grasmaaier waar je op kon zitten. Het was eigenlijk een kleine tractor.

'Vet! Als je ons gras daarmee maait, hoef je maar één keer heen en weer te rijden,' zei Friso. 'Ik ga mijn vader vragen of hij ook zo'n ding koopt.'

Daniël dacht alleen maar: daar moet je niet onder komen. Dan word je in kleine stukjes gemalen.

'Kom, we moeten aan het werk.' Hij pakte een schep en stak die in de grond. Nou, inderdaad zeg. Dat ging niet gemakkelijk.

Een half uur later hadden de jongens een piepklein kuiltje.

'Sjongejonge,' klaagde Friso. 'Ik denk dat ik maar geen tuinman wordt.'

'Jawel jongen. Tuinmannen hoeven niet te graven.' Daniël wees naar de man die op de grasmaaier zat en lekker rondjes reed. 'Dat laat je kleine stomme jongens doen. Kom, laten we even uitrusten.'

Ze zaten nu aan de rand van het grasveld, vlakbij het zwembad. In en om het huis was verder niemand te zien. Niet de jonge vrouw, niet de oudere man.

'Wordt er nog gewerkt of hoe zit dat?' riep de tuinman die met een kruiwagen vol gras aan kwam lopen.

'Het is te warm,' klaagde Friso.

Daniël verbaasde zich erover hoe brutaal zijn vriend durfde te zijn. En die mannen bleven maar om hem lachen.

'Kom,' zei hij snel. 'We gaan weer verder.'

Een uur later vond Friso het toch niet meer zo'n goed idee om bij dat tuincentrum te gaan werken. 'We staan hier alleen maar in dit bos te graven. Hier hebben we niks aan.'

'Wacht maar,' zei Daniël. Maar hij wist zelf eigenlijk niet waarop.

Toch kreeg hij gelijk. Toen het een uur of drie was, kwam de oudere vrouw naar buiten en vroeg iets aan de tuinman die net klaar was met maaien. Die floot vervolgens op zijn vingers en wenkte.

'Hebben jullie dorst?' riep hij. 'We krijgen iets te drinken.'

De keuken was de grootste die Daniël ooit gezien had. In het midden stond een groot fornuis waar je omheen kon rolschaatsen. En er was een ijskast waar ijsblokjes uit kwamen. De oudere vrouw had kleine flesjes op het aanrecht gezet: cola, sinas, seven-up. Van alles.

'Pak maar wat je wilt, jongens.' Ze sprak met een vreemd accent, vond Daniël.

De mannen zaten zwijgend aan de keukentafel, dronken hun flesjes en aten boterhammen. Daniël nam alles goed in zich op. Thuis zou hij weer alles opschrijven.

Twee keer trof zijn blik die van de oudere vrouw die met toegeknepen ogen naar hem zat te kijken. Was er iets verkeerd? Zat zijn gezicht vol zand of vegen en zo? Of had ze door dat hij eigenlijk een spion was? Het zweet brak hem uit.

'Ik moet zo even naar het dorp,' zei de vrouw later, 'maar ik ben voor vijf uur weer terug. Dan bent u er toch nog wel?'

'Zeker,' zeiden de tuinmannen.

Ze vertrok, met nog een laatste keer die blik in haar ogen. Was dat een waarschuwing?

Toen ze ieder twee flesjes cola hadden leeggedronken,

moesten Daniël en Friso weer aan het werk. De oudere vrouw was vertrokken in haar sportwagen. Daniël had haar hard horen wegrijden. Had ze haast of zo?

'Wij gaan nu het gazon aan de voorkant doen,' zei de tuinman op de maaier. 'Graven jullie maar lekker door.'

Even later waren Daniël en Friso alleen in de achtertuin. Ze keken elkaar aan.

'Die zijn daar voorlopig wel even bezig,' zei Friso. 'Wat doen we?'

'Wat bedoel je?'

'Zullen we naar binnen gaan? Het huis in. Gewoon even rondkijken.'

Daniël aarzelde. Hij wilde het wel, maar gevaarlijk was het ook. En waar was die hond gebleven?

'Kom,' zei Friso. Hij legde zijn schep neer en liep naar het huis.

Daniël volgde zijn voorbeeld, maar met knikkende knieën. Stel je voor dat ze iets ontdekten, en vervolgens betrapt werden, dat mevrouw Montani dan haar man belde en dat die besliste dat ze moesten verdwijnen. Ze zouden begraven worden in de kuil die ze zelf hadden gegraven.

En snel de politie bellen, dat kon ook niet. Stel je voor dat die erachter kwam dat zijn moeder ook voor de maffia werkte. Dan werd zij opgepakt en ging ze voor twintig jaar de gevangenis in.

Wanneer ze er weer uitkwam, zou hij al dertig zijn. En zij een oud vrouwtje.

'Kom,' zei Friso. Hij opende de keukendeur en stapte weer naar binnen. 'Er is toch niemand thuis. En die hond hebben ze zeker weggedaan.'

Daniël keek bedenkelijk. Dat zou wel erg toevallig zijn. Maar Friso had gelijk. Dit was hun kans. Die konden ze niet voorbij laten gaan.

'Kom.'

De stilte in de keuken was angstaanjagend. Niets hoorde je. Geen klok die tikte, geen geruis van een ijskast of verwarming. Helemaal niets.

'Wat nu?' Friso keek zijn vriend aan. 'Wat moet je onderzoeken? Jij weet wat we zoeken. Zeg het maar.'

Daniël haalde diep adem. Hij voelde dat hij een beetje trilde. 'Laten we kijken of er ergens binnen een bureautje staat of zo. Waar papieren liggen.'

'Zohoo.' Friso floot tussen zijn tanden. 'Ik ben nou toch wel nieuwsgierig naar wat je zoekt.'

'Kom,' zei Daniël. En hij opende de deur naar de gang.

Shit hé, dit was echt inbreken! En nog wel bij de maffia...

Blote vrouw met kleren aan

In de gang lag een dikke beige vloerbedekking. Dat kwam goed uit. Je kon je er geluidloos voortbewegen. Dat maakte de stilte die er in het huis hing nog akeliger.

'Daarheen!' fluisterde Friso. Hij wees naar de deur van een zijkamer die open stond.

Ze gingen er naar binnen. Er stonden een grote bank, een televisie en een tafel met daarop een computer en wat stapels papieren. Daniël liep erheen. Nee, dit was het niet. Het waren tijdschriften en kranten die daar lagen.

Maar wat was het eigenlijk dat hij zocht? Hoe kon hij erachter komen waarom Montani elke maand geld aan zijn moeder betaalde?

'Kom,' zei hij zacht. 'We gaan verder.'

Zo deed James Bond het ook. Hij keek overal rond en zag dan opeens iets wat hem op een spoor bracht. Een foto, een brief, wat dan ook.

Een tweede deur bracht hen in de woonkamer, een enorme ruimte met twee zithoeken en dan ook nog een hoekje rond een grote open haard. Er lag nergens rommel of speelgoed, nergens stond een vies bord of een gebruikt koffiekopje, nergens lag een snoeppapiertje of het stokje van een ijsje.

'Het lijkt wel een museum,' zei Friso.

Daniël knikte. Het leek inderdaad wel een museum. Er stonden glazen kasten met borden en glaswerk erin, en zilveren voorwerpen.

Het was duidelijk een huis waar geen jongens woonden. Eén keer een bal door de kamer en je had zo een paar duizend euro schade. Eén keer blindemannetje en je had een paar dozen scherven.

'Hebben ze allemaal gekocht met gestolen geld. Dat kan niet anders.' Friso keek kwaad, alsof het van hem zelf gestolen was.

Daniël keek de kamer rond. Hoe kon je aan een kamer zien waar iemand zijn geld mee verdiende? Als je een fabriek had, hing je daar dan niet een plaatje van aan de muur? Als je auto's verkocht, zou je er dan geen modellen van neerzetten?

Als je in de misdaad zat, banken beroofde en mensen vermoordde, nee, daar ging je geen foto's van ophangen. Er hingen hier nergens foto's van iets wat je kon verkopen. Was dat het bewijs?

'Zullen we anders even boven kijken?' Daniël had het nog niet gezegd of er klonk geluid in huis. Zo te horen was het in de keuken.

'Shit,' siste Friso. 'Daar heb je d'r! Dat mens zou toch tot vijf uur wegblijven?'

'Judy, kom, Judy!' klonk een heldere stem. 'In je bak, in je bak.'

Daniël en Friso keken elkaar aan.

'De hond!'

Als versteend stonden ze daar, midden in die enorme woonkamer. Ze keken om zich heen. Konden ze wegrennen? Waarheen? Waar konden ze naar buiten?

Te laat. Er klonken zachte voetstappen op de gang en toen kwam zij van het zonnebed binnen. Ze schrok.

45

'Jessus!' zei ze. 'Wat doen jullie hier?'

De blote vrouw van het zonnebed was inderdaad meer een meisje. Of iets ertussenin. Een jonge vrouw. En nu had ze kleren aan. Hoe oud zou ze zijn? Een jaar of achttien, schatte Daniël.

'Wie zijn jullie?'

'Wij eh...' Friso maakte een gebaar in de richting van de achtertuin.

'We helpen de tuinmannen,' zei Daniël snel. 'En we zoeken de wc.'

Hij voelde hoe Friso naar hem keek. Het zou wel vol bewondering zijn. Want inderdaad, dat was niet slecht bedacht.

'De wc is op de gang. Zoals wel vaker.' Het meisje keek achterdochtig.

Zou zij ook al meedoen met de duistere praktijken van de maffia? Vast wel. Zij kon natuurlijk heel goed bewakers afleiden en zo.

'Weet mijn moeder dat jullie hier zijn?'

'Ja ja, zeker,' zei Friso. 'Ze is even naar het dorp en ze komt zo terug.'

Even bleef het stil in de kamer. Daniël keek het meisje in de ogen en zij hem. Er was iets vreemds. Weer een vreemde blik, maar nu anders dan van de oudere vrouw. Dit was geen dreiging. Toch? Het was meer alsof ze elkaar kenden. Mooie rustige ogen waren het, die hij vertrouwde.

Dat was natuurlijk haar kracht. Iedereen vertrouwde haar.

'Kom maar mee, dan zal ik het jullie even wijzen.'

De ogen maakten zich los en het meisje liep voor hen uit de gang op.

Daar kwam Judy, de labrador, kwispelend naar de jongens toe.

'Judy, af!'

Vijf minuten later stonden ze weer buiten bij hun kuil. De tuinmannen hadden gelukkig niks gemerkt. Die waren nog steeds bezig in de voortuin.

'Wat een mooie meid, zeg,' zuchtte Friso. 'Als Vincent haar zou zien, zou hij helemaal gek worden.'

'Kom op,' zei Daniël. 'We moeten verder werken. Straks komen de mannen terug uit de voortuin. Moet je kijken wat een klein kuiltje we nog maar hebben!'

Ze begonnen als bezetenen te scheppen. Nu moest er echt even gewerkt worden. Daniël verwachtte toch elk moment op een schedel of een bot te stuiten, maar dat gebeurde niet. En gelukkig zaten er alleen in de bovenste laag grond veel wortels.

Toen ze wat dieper kwamen ging het gemakkelijker. Na een half uur hadden ze al een flinke kuil.

'Nu kun je niet zien dat we een tijdje niks hebben gedaan,' zei Friso. 'Moet je kijken! Groot genoeg voor een lijk!'

'Of twee kleintjes,' probeerde Daniël te grappen. 'Kom, nog even verder.'

'Daar heb je d'r weer,' zei Friso even later. En hij wees in de richting van het huis.

De oudere vrouw kwam om de garage heen gelopen en ging met twee tassen de keuken binnen. Daniël zag hoe ze in de keuken praatte met het meisje. Zo nu en dan keken de twee naar buiten, hun kant op.

'Ze hebben het over ons,' zei Friso. 'Die meid vertelt natuurlijk alles.'

Daniël knikte. Dat zat er dik in. 'Doorscheppen,' zei hij. 'Net doen of we niks doorhebben.'

Zijn hart bonsde in zijn keel. Shit, waarom had hij zijn mobieltje nou niet meegenomen? Beter dat zijn moeder werd opgepakt door de politie dan dat hij met Friso boven hun kuil met geluiddempers werd neergeknald.

Even later kwam de oudere vrouw naar buiten. Ze liep over het gras naar hen toe. Keek ze boos? Het was niet te zien.

'Zo, ik ben er weer,' zei ze. 'Lukt het allemaal?'

'Ja hoor,' zei Friso. 'Prima.'

'Mooi,' zei ze. 'Daar komen een paar mooie rozenstruiken in.'

Daniël haalde opgelucht adem.

De vrouw bekeek hem weer onderzoekend, precies zoals eerder in de keuken. Ze zei niets, keek alleen maar. Hij werd er zenuwachtig van. Hier was echt iets niet in orde. Wat wou dat mens?

'Hebben jullie nog dorst?'

'Eigenlijk wel,' zei Friso. 'Maar we hebben al twee flesjes gehad.'

'Geeft niet. Ik heb genoeg. Cola?'

De jongens knikten.

De vrouw wandelde naar het huis en keerde even later terug met een dienblad. Er stonden vier flesjes cola op met rietjes erin, plus een schaaltje met koekjes en chocolaatjes.

'Alsjeblieft,' zei ze.

'Dankuwel.' De jongens pakten ieder een flesje. Friso zoog meteen aan het rietje, Daniël niet.

Hij durfde niet. Waarom had ze die vier flesjes al in de keuken opengemaakt? Ze hadden er ieder al twee gehad, dus twee open en twee met de kroonkurk er nog op was logischer geweest. Toch?

De maffia werkte waarschijnlijk ook met vergif. Waarom niet? Als het je maar dood maakte.

'Dus jullie doen dit om wat geld bij te verdienen?' vroeg de vrouw toen.

De jongens knikten.

'Ik heb misschien ook wel iets voor jullie. Zaterdagmiddag.'

'Prima,' zei Friso meteen. 'Zegt u maar wat we moeten doen!'

'Wij hebben zaterdag een feest hier en het schijnt te gaan regenen. Dus we hebben eigenlijk een paar jongens nodig die de jassen van de mensen aanpakken, die boven

neerleggen en als ze weer weggaan de jassen weer voor ze gaan ophalen. Het wordt niet laat. Het is van vijf tot een uur of acht. Zou dat kunnen? Ik zal jullie er ieder vijftien euro voor geven. Is dat wat?'

'Nou en of,' riep Friso uit. 'Dat doen we.'

Maar de vrouw leek dat niet te horen. Ze keek alleen maar naar Daniël, met een doordringende blik.

En die zweeg.

'Of wil je niet?' vroeg ze.

'Jawel,' zei Daniël. 'Best.'

Wat zou hier nou weer achter zitten?

Je moeder zal maar verdacht zijn

'Bij wie is dat dan?'

'Rijke mensen. Ik weet niet hoe ze heten. Ze wonen op de Beethovenlaan.'

Daniël vroeg zich af waarom hij loog. Waarom zei hij niet gewoon Bachlaan? Waarom zei hij niet gewoon dat het bij Montani was?

Hoe zou ze reageren? Zou een professionele huurmoordenares haar eigen zoon uit de weg ruimen? Dat zal toch niet?

'En daar heb je in de tuin gewerkt?'

'Ja. Met de tuinmannen van Hein.'

Zijn moeder keek hem onderzoekend aan. Ook al weer die blik.

Vermoedde ze iets? Dat kon toch bijna niet. Of misschien had ze gehoord van Hein dat ze bij Montani aan het werk waren en wist ze dat hij loog? Waarom zei ze daar dan niks over?

Daniël besloot dat er sprake moest zijn van een samenzwering. Een complot van zijn moeder, Hein, de oude meneer Montani, zijn vrouw en misschien zelfs de jonge vrouw. Iedereen wist iets wat hij niet wist. Ze spraken erover achter zijn rug.

'Vindt Anne-Marie het goed? Ik zal haar zo wel even bellen. Ik wil in ieder geval dat je dan thuis bent voordat het donker wordt.'

'Makkelijk. Het is tot acht uur.'

'Ja, dat kennen we.'

Even later had ze met Anne-Marie gebeld en was het goed. Als je een oudere broer had zoals Friso, mocht je veel meer.

'Ga jij zo even een uurtje of twee naar de overkant. Ik ga naar de kapper.'

'Ga je weer uit met Hein?'

'Als je het goed vindt.' Zijn moeder glimlachte. 'Stephanie komt vanavond oppassen.'

'Ja hoor, best,' zei Daniël. 'Ben je wel thuis voordat het donker wordt?'

Ze lachten samen en hij ging even later naar de overkant.

Daar speelden ze eerst Kolonisten met Vincent, kregen al snel ruzie, gooiden de straten en de dorpen door de kamer, gingen toen een half uurtje internetten en daarna televisie kijken. Anne-Marie bracht limonade en koekjes.

'Weet jij hoe mijn vader eruitzag?' vroeg Daniël plotseling aan haar.

'Jongen toch.' Anne-Marie keek ernstig. 'Wij kwamen hier toch pas wonen toen jij al drie was. Waarom vraag je dat?'

Ook Friso keek nieuwsgierig op. Die wist natuurlijk nog helemaal niks. Die dacht gewoon dat het allemaal een spelletje was.

Daniël haalde zijn schouders op. 'Zomaar.' Hij nam een slok van zijn limonade.

Anne-Marie bleef hem ernstig aankijken en ging op de bank zitten.

'Waarom vraag je dat, Daan?' vroeg ze nog eens.

'Het zou toch kunnen,' vervolgde hij, 'dat mama verteld heeft hoe hij eruitzag. Lang of klein, zwart haar of blond, dik of dun.'

'Nee. Het spijt me. Je moeder heeft me nooit iets over 'm verteld.'

'Mij ook niet.'

'Ze praat er niet graag over, denk ik.' Anne-Marie legde haar hand op de zijne. 'Misschien omdat ze er veel verdriet van heeft.'

Daniël staarde voor zich uit. Zou dat zo zijn? Hij had nooit gezien dat ze er verdriet van had. Hij had haar wel eens zien huilen en dan zei ze dat dat was omdat het uit was met haar vriend.

Maar nu wist Daniël wel beter. Ze huilde omdat ze weer een moord moest gaan plegen.

Over zijn vader had hij haar nooit gehoord en had ze nooit een traan gelaten. Niet waar hij bij was in ieder geval.

Of zou het te lang geleden zijn? Dat zou kunnen natuurlijk. Had die vader wel ooit bestaan?

'Ik weet zelfs helemaal niks over 'm,' sprak Anne-Marie. 'Geen naam of wat zijn beroep was. Ik weet helemaal niks. Je moeder wil er gewoon niet over praten.'

Daniël keek haar aan. Dat was toch eigenlijk heel vreemd? Als je man was doodgegaan, kon je er toch wel iets over vertellen, kon je toch zijn naam wel eens noemen, kon je toch wel ergens een fotootje neerzetten? Het was zijn vader. Het zou toch logisch zijn dat hij een keer zou willen weten hoe de man eruitzag.

Er was iets niet in orde. Echt niet. Dit was geen spelletje meer, dit was echt. Dit was gewoon echt heel erg verdacht.

'Zullen we gaan fietsen?' vroeg Friso.

Daniël schudde zijn hoofd. Hij had nauwelijks gehoord wat zijn vriend gevraagd had, zozeer was hij in gedachten verzonken.

Wat zou er gebeurd kunnen zijn? Was zijn vader misschien ook een misdadiger geweest, ook een moordenaar in dienst van Montani?

Dat zou kunnen. Mensen leren elkaar vaak kennen op het werk. Hij was natuurlijk bij een actie omgekomen en de organisatie betaalde voor zijn vrouw en kind. Dat wil zeggen, als die vrouw bereid was om ook zo nu en dan een klusje te klaren. Zoiets moest het zijn.

'Of darten?'

'Wat?'

'Potje darten.'

'Ik geloof dat Daniël niet zo'n zin heeft in spelletjes,' zei Anne-Marie met zachte stem. 'Laat 'm maar even.'

Toch gingen ze darten, want buiten regende het, en Friso won. Hij gooide wel drie keer honderdveertig en Daniël gooide regelmatig in de muur naast het bord.

'Ik bedacht me net,' zei Anne-Marie toen Daniël al weer naar huis ging, 'dat ik toch iets weet. Je vader kwam van Sicilië. Dat heb ik een keer gehoord van iemand. Ik weet niet meer van wie. Hij was een geboren Siciliaan.'

'Sicilië?' was het enige wat Daniël kon uitbrengen, stomverbaasd.

'Ja, je weet wel. Sicilië, in Italië.'

'Waar de maffia vandaan komt,' zei Friso.

Tranen in zijn ogen

'Fred Montani.' De man had een lage stem die de grond een beetje deed trillen. Hij stak zijn hand uit.

'Ik ben Daniël,' zei Daniël en hij pakte de hand aan. Die voelde droog, stevig en warm.

Weer had hij een vreemd gevoel. Nu was het alsof hij dit eerder had meegemaakt. Het leek alsof hij in een film speelde waar hij zelf naar zat te kijken.

'Daniël?' Montani kneep zijn ogen tot spleetjes en keek even om naar de oudere vrouw, die achter hem stond. Zij draaide zich net om en liep in de richting van de keuken.

'Ik ben Friso,' zei Friso, en ook hij kreeg een hand.

Even bleef het stil in de gang. Fred Montani staarde voor zich uit.

'Wij komen de jassen doen,' zei Daniël.

Montani keek hem even verbaasd aan.

'Prima,' zei hij toen. 'Kom maar mee naar boven, dan zal ik jullie wijzen waar je ze kunt neerleggen.'

Montani liep voor ze uit de trap op. Ook die was bedekt met een dikke vloerbedekking.

Inbrekers hebben het hier behoorlijk gemakkelijk, dacht Daniël.

Boven stonden de deuren open van twee grote slaapkamers. Over de tweepersoonsbedden lag plastic.

'Ze zullen wel nat zijn. De jassen. Daarom hebben we

er plastic opgelegd. Leg ze ook maar niet op elkaar. Dat gaat zo stinken. Als hier niet genoeg plaats is, mag je ook onze kamer nog wel gebruiken.'

Montani opende een derde deur waarachter zich een enorme slaapkamer met zitgedeelte bevond.

'Leg ze hier maar over de stoelen. Liever niet op het bed.'

Even stond hij weer stil, alsof hij zich iets bedacht.

'Waar kom je vandaan, Daniël?' vroeg hij plotseling.

'Hier uit het dorp, meneer. Ik woon op de Zwaluwweg.'

'O ja.' Montani knikte. 'Ja, ik weet wel waar dat is.' Hij keek hem doordringend aan.

Daniël begreep het. Natuurlijk. De man wist wie hij was. Hij kende zijn moeder, dus hij had ook wel eens gehoord dat ze een zoon had die Daniël heette.

Maar waarom zei hij dat niet? Wat was het geheim? Waarom mocht niemand iets weten? Waarom moest alles zo stiekem?

'We moeten de jassen dus ook weer teruggeven als de mensen weer weggaan?' vroeg Friso. 'Dan moeten we wel onthouden van wie welke jas is.'

Montani keek Friso aan en lachte. 'Je hebt gelijk. Heel goed van je.' Hij dacht even na. 'Weet je wat? Kunnen jullie schrijven?'

De jongens knikten. Natuurlijk konden ze schrijven. Hallo!

'Dan leg je op elke jas een briefje met de naam erop.'

'Oké,' zei Friso. 'Goed plan. Doen we.'

Met zijn drieën liepen ze weer naar beneden. Daar was ook het meisje weer. Ze droeg een prachtige jurk en hoge hakken. Friso staarde naar haar met open mond.

Daniël stompte hem in zijn zij. 'Niet zo kijken, man.'

'Ik denk dat ik verliefd ben,' fluisterde Friso. 'Voor de rest van mijn leven.'

'Zijn jullie er weer?' vroeg het meisje.

Daniël knikte. Wat kon hij anders doen? Zelfs Friso wist geen woord te zeggen.

'Kom maar even binnen, jongens,' zei Montani. 'Dan kun je kijken hoe het er allemaal uitziet.' Hij ging hen voor, de kamer in.

Daniël keek zijn ogen uit. Buiten was het regenachtig en donker en het zachte licht uit de vele spotjes in het plafond maakten de kamer warm en gezellig. In de open haard brandde een vuur.

'Net als in de film,' zei Friso. 'Net echt.'

Iedereen moest lachen.

'En kom dan nu maar even in de keuken kijken wat daar allemaal gemaakt wordt.'

Toen ze weer over de gang liepen, gebeurden er opeens een paar dingen tegelijk, waar Daniël later nog vaak aan terug moest denken. Het was inderdaad allemaal net een film.

In de keuken viel iets kapot, een schaal of een bord. Op dat zelfde moment kwam de oudere vrouw gehaast de gang op, en liep in de richting van de trap naar boven.

Montani en het meisje keken er verschrikt naar. Het meisje deed een paar passen naar de vrouw toe, maar struikelde door de hoge hakken. Tegelijkertijd ging de bel. Iedereen verstijfde even. De oudere vrouw liep nog een paar treden verder omhoog, kwam toen tot stilstand en draaide zich om.

'Daar zijn de eersten al,' zei ze en ze veegde met de bovenkant van haar hand onder haar ogen.

Daniël keek ernaar. Wat was dat? Had ze gehuild? Daar leek het wel op. Er was iets gaande, dat was nu wel zeker.

De vrouw kwam weer naar beneden, blikte even in de spiegel die in het halletje hing, deed haar haar goed en liep naar de deur.

'Het feestje is begonnen,' zei ze. Maar ze klonk helemaal niet feestelijk.

Vanaf dat moment was het hard werken geblazen voor
Daniël en Friso. De mensen kwamen binnen, gaven hun
jassen af, kusten de gastvrouw en gastheer en gingen de
kamer in.

In het begin vroegen Daniël en Friso iedereen nog naar
zijn en haar naam, om die op te schrijven, maar toen het
drukker werd lukte dat niet meer. De mensen begonnen
meteen te praten, te kussen en te lachen. Ze letten niet
op de twee jongens die de jassen aanpakten.

'Wat doen we nou?' vroeg Daniël boven. 'Ik weet niet hoe die mensen heten.'

'Ik schrijf gewoon op hoe ze eruitzien,' zei Friso. 'Hier.' Hij las de kaartjes die al op de jassen lagen.

'Meneer met wit haar en gele das. Vrouw met rode jurk en rood haar. Vrouw met paarse jurk en lange ketting.'

'Oké!' Daniël keek zijn vriend verbaasd aan. 'Goed idee.'

Na een uurtje kwamen er geen nieuwe mensen meer en kregen ze het rustig. Ze zaten in de keuken waar een echte kok bezig was met hapjes, die door twee meisjes met schortjes voor naar binnen werden gebracht.

'Net echt,' zei Friso weer. 'Ik wou dat wij zo rijk waren.'

'Willen jullie nog cola, jongens?' vroeg de kok. 'Je mag zoveel als je wilt hoor. En er is ook taart en chocola. Er is eigenlijk alles.'

'Lekker baantje dit,' zei Friso met een mond vol kersentaart. 'Beter dan een kuil graven.'

Op een gegeven moment kwam Montani de keuken binnen. Hij keek rond en toen hij de jongens zag liep hij naar ze toe en kwam hij bij ze zitten. Hij leek een beetje zenuwachtig, bang bijna. Moest hij niet naar zijn feestje?

'Zo jongens,' zei hij na een ongemakkelijke stilte. 'Vertel eens. Zitten jullie bij elkaar in de klas?'

Daniël en Friso vertelden. Over school en over waar zij woonden. Over dat zij met elkaar speelden en over hun andere vriendjes.

Montani leek alles interessant te vinden, want hij vroeg steeds verder.

Daniël vond het vreemd. De man had binnen wel vijftig gasten en ging dan in de keuken met de jongens van de jassen zitten praten!

Na een kwartiertje kwam de oudere vrouw de keuken in.

'Fred, kom je nu weer?' vroeg ze zacht.

'Ja,' zei Montani en hij stond op. 'Ik kom.'

'De jongens kunnen anders nog wel eens een andere keer langskomen. Dan heb je alle gelegenheid om met ze te praten.'

'Dat is een goed idee,' zei Montani. Hij liep naar zijn vrouw toe en omhelsde haar. Ze stonden even in stilte.

Daniël keek. Zoals die man stond. Zo met zijn hoofd een beetje scheef. Zo met zijn schouders een beetje opgetrokken. Waarom kwam hem dat toch zo bekend voor? Hoe kon dat nou?

Misschien had hij hem een keer gezien in een documentaire op *Discovery* of zo, over beroemde misdadigers, en was hij nu met pensioen?

'Nog meer kersentaart, Friso?' vroeg de kok.

'Ja hoor,' riep die vrolijk.

'Grote god,' zei Montani heel zacht, terwijl hij zijn vrouw in haar ogen keek. 'Grote god.' En ze gingen weer naar hun gasten.

'Wat was dat nou allemaal?' vroeg Friso, terwijl hij het bord met zijn derde stuk kersentaart aanpakte.

'Ik weet het niet,' zei Daniël. Maar dat was een leugen. Hij had iets bedacht. Zou dat waar kunnen zijn? Hij durfde het bijna niet te denken. Zou dat echt waar kunnen zijn?

Toen de jongens een half uur later nog in de keuken

zaten, klonk er hard gelach vanuit de gang. Het meisje kwam binnen en wenkte Friso en Daniël.

'Er moeten mensen hun jassen hebben,' zei ze lachend.

'Oké,' zei Friso en sprong op. Daniël volgde hem.

In de gang stonden een man en zijn vrouw die hun jas al aan hadden. Montani stond er ook bij.

'Wij hebben ze al,' zei de man. 'Onze jassen. Op het briefje stond: dunne vrouw met lelijke man.'

Daniël keek opzij naar Friso die een rooie kop kreeg. Daarna zag hij dat Montani weer naar hem stond te kijken. Nu met tranen in zijn ogen. Van het lachen?

Misschien was het wel waar! Het kon waar zijn!

Robot

De dagen erna voelde Daniël zich heel vreemd. Het was bijna alsof hij achter glas zat. Onder een kaasstolp.

Hij zag wel wat er om hem heen gebeurde en hij hoorde ook alles wat er tegen hem gezegd werd, maar het was alsof het allemaal van heel ver kwam. Hij zei zelf ook bijna niks en zijn moeder dacht dat hij misschien ziek werd.

'Ik ken dat van je. Dan ben je een dag of wat heel stil en opeens heb je koorts. Ik ken het.'

Maar de koorts kwam niet en Daniël bleef stil en in zichzelf gekeerd. Hij kreeg steeds meer het gevoel dat hij vastzat. In een gevangenis. Alsof de deur dicht zat, de deur naar binnen.

'Moeten we met je naar een dokter? Wat heb je?'

'Niks. Ik kan gewoon niet zo goed slapen. Ik ben moe. Dat is alles.'

Dat van dat slechte slapen was niet gelogen. Hij lag soms midden in de nacht wakker. Vaak viel hij als het bijna ochtend was pas in slaap, droomde rare dingen en werd nat van het zweet wakker.

Dan lag hij op zijn rug en keek naar het plafond. Hij vroeg zich af waarom hij niet met zijn moeder durfde te praten over wat er in zijn hoofd rondspookte. Of durfde hij het wel maar wou hij gewoon niet? Zij verzweeg toch ook al jarenlang iets voor hem? Het allerbelangrijkste zelfs.

En dan was daar nog de vraag: was zij te vertrouwen?

Daniël deed dus alles wat hij altijd deed. Hij stond op, kleedde zich aan, ging naar school, maakte zijn huiswerk en keek televisie. Maar het was alsof het door iemand anders werd gedaan en hij er niks mee te maken had. Het was net alsof hij een robot was.

'Ik wou misschien over drie weken ook een klein feestje geven. En dan allemaal familie uitnodigen die we nooit zien. Je neven uit Hillegom bijvoorbeeld,' zei zijn moeder die ochtend. 'Kan ik jou en Friso dan ook inhuren? Voor de drankjes en zo?'

Daniël staarde haar aan. In haar hand zag hij het papiertje met de doorgestreepte namen. Ging dat over een feestje? Shit.

'Waarom zeg je nou niks?'

'Ja hoor, dat zal wel goed zijn,' zei hij snel. 'Ik zal het wel vragen.' En hij draaide zich van haar af.

'Ga anders weer eens met hem spelen,' stelde zij even later voor. 'Met Friso. Hij belde net. Het is prachtig weer. Ga naar buiten.'

'Oké,' zei Daniël en hij liep de achterdeur uit. Hij wilde niet met zijn vriend spelen. Hij ging om van het gezeur af te zijn. Hij kon maar beter gewoon even alleen weggaan. Alleen zijn, dat was het beste.

Toen hij het hek uit fietste kwam Friso er net aan, ook op de fiets.

'Waar ga je heen?'

'Nergens heen.'

'Leuk. Zal ik meegaan?'

Daniël haalde zijn schouders op. 'Best.'

Zwijgend reden ze de Zwaluwweg af. Op de hoek gingen ze naar links, in de richting van het Rozenpark. Het ging gewoon vanzelf.

'Is de geheime missie nu voorbij?' vroeg Friso.

'Ja.'

'Dus je weet nu wat je weten moet?'

'Ja.'

'En heb je het al doorgegeven?'

Daniël keek zijn vriend verbaasd aan. 'Aan wie?'

'Weet ik veel. Dat mocht ik toch allemaal niet weten?'

'O ja. Ja, het is doorgegeven.'

Zwijgend reden ze verder. Ze draaiden het park in, langzaam, want daar mocht je niet fietsen.

'De missie is voorbij.' zei Daniël nog eens. 'En ik wil het er verder niet over hebben.'

'Oké,' zei Friso en hij keek om naar twee meisjes, veel ouder dan zij, die op het gras lagen.

'Ik wou dat ik net zo oud als Vincent was. Die vrijt al met dat soort meisjes.'

Daniël hoorde nauwelijks wat zijn vriend zei. Zijn hoofd barstte bijna uit elkaar van duizend gedachten.

Er moest iets gebeuren. Hij moest iets doen. Zo kon het niet doorgaan. Hij werd gek zo.

Toen ze even later in de Bachlaan bij het huis van Montani kwamen, zag hij dat er twee auto's op de oprit stonden. Een grote B M W en de kleine sportwagen. Iedereen was dus thuis, zo te zien.

'Kijk, ze zijn thuis,' riep Friso. 'Zullen we cola gaan drinken?'

'Ik niet,' zei Daniël en hij fietste door.

'Hé,' klonk het achter hem. 'Waarom zijn we hier dan heen gegaan?'

Daniël antwoordde niet. Zijn vriend had gelijk. Waarom waren ze daarheen gegaan?

Wilde hij toch graag naar Montani? Was dat het? Maar wat moest hij zeggen? Hij kon er toch niet over beginnen? Shit, wie waren nou eigenlijk de volwassenen?

Hij reed een stukje door en stopte toen. Hij wenkte zijn vriend die naar hem toe kwam fietsen.

'Luister,' zei hij. 'We mogen geen contact meer met de familie Montani hebben. Het is te gevaarlijk.'

Waarom zeg ik dit, vroeg hij zich af. Het lijkt wel of er binnen in me gevochten wordt. Ik wil weg, maar ik wil ook naar binnen.

Friso knikte. 'Ik dacht al zoiets. Ik dacht al dat er iets fout zat. Dat voelde ik gewoon.'

'We fietsen nog één keer langs. Om te kijken of we iets zien.'

'Oké. Goed opletten.'

Net op het moment dat ze voor de tweede keer langs het huis reden, ging de voordeur open. De oudere vrouw kwam naar buiten.

'Shit,' siste Daniël en hij ging op de pedalen staan.

'Shit.' Friso deed hetzelfde.

Terwijl ze in volle snelheid wegfietsten keek Daniël even om. Hij zag de vrouw bij het hek staan. Ze keek hun kant op.

Zou ze hem herkend hebben? Waarschijnlijk wel.

In het park stopten ze even. Friso wou in het gras gaan liggen, vlak bij die twee meisjes die daar nog steeds lagen, met hun ogen gesloten in de zon. De een gebruikte de buik van de ander als kussentje onder haar achterhoofd.

Dat zouden jongens nooit doen, bedacht Daniël zich.

'Ik wil later ook zo rijk worden als Montani,' zei Friso. 'En jij?'

'Ik vind het best. Het maakt mij niet uit.'

'Volgens mij ben jij gek aan het worden.'

Daniël keek hem aan. Friso had vast gelijk. Hij was gek aan het worden. Straks werd hij opgesloten in een ziekenhuis voor gekken. Voor de rest van zijn leven.

Er kwamen twee jongens bij de meisjes zitten. Ze waren veel ouder dan Daniël en Friso. Even later stonden ze met zijn vieren op en liepen ze verder het park in.

'Ik weet wat die gaan doen,' zei Friso. En hij lachte.

Daniël dacht aan het mooie meisje van Montani. Als het allemaal waar was, dan was zij...

Hij durfde er gewoon niet aan te denken.

'Laten we weer gaan.'

Toen ze de Zwaluwweg weer in draaiden zag Daniël het meteen. Voor zijn huis stond een sportwagen. Het was die van mevrouw Montani.

'Shit hé, moet je kijken,' riep Friso. 'Dat maffiamens is bij jullie op bezoek!'

Daniël antwoordde niet. Hij remde, keerde en fietste weg. Zo hard als hij kon. Nu wist hij wat hij moest doen. Hij moest het doen, het moest!

Ontmoeting bij het zwembad

Tien minuten later stond hij weer voor de Bachlaan 23, nu alleen en hijgend van het harde fietsen.

Er was niemand op straat. Nooit in deze buurt. En dat terwijl het prachtig weer was. De bomen waaiden zacht heen en weer.

Daniël keek om zich heen. Wat was de wereld toch mooi. Al die kleuren. Hoe bedenk je zoiets? Was het ooit door iemand bedacht of was het gewoon zo gegroeid?

Om de een of andere reden liet hij zijn fiets buiten het hek staan. Hij zette 'm tegen een boom en deed 'm op slot. Toen liep hij het tuinpad op. Daar stond nog steeds de BMW. Montani was thuis.

Bij de voordeur gekomen aarzelde hij. Waarom? Was hij bang? Ja, hij was bang. Misschien was het onzin wat hij bedacht had. Misschien lachten ze hem straks allemaal uit. Misschien was er iets heel anders aan de hand. Dat gebeurde toch wel vaker? Bij volwassen mensen waren er altijd allerlei dingen aan de hand waar je geen idee van had.

Hij bracht zijn hand in de richting van de bel, maar liet 'm weer zakken. Shit. Om de een of andere reden was hij bang voor het geluid van de bel. Waarom?

Hij deed een paar passen naar achteren en keek door de zijruit de grote woonkamer in. Niemand te zien.

Zo stond hij daar even, wel een paar minuten. Het was

alsof hij zich klaarmaakte voor een grote sprong. Maar als je lang nadacht over grote sprongen, werd je er steeds banger voor.

Als vanzelf liep hij een stukje terug en langs de garage de zijtuin in. Zo kon hij achter het huis komen. Misschien moest hij door de achterdeur naar binnen gaan.

Maar waarom? Omdat hij bang was voor het geluid van de bel? Ja, omdat hij bang was voor het geluid van de bel.

Toen hij om de hoek kwam en twee passen in de achtertuin had gezet, zag hij Montani. Die zat met zijn rug naar hem toe bij het zwembad. Hij zat daar alleen, weer in de badjas.

Daniël bleef even staan en keek. Was die man daar een vreemde of juist niet? Dat was de grote vraag.

En wat zat hij daar stil? Straks kwam Daniël dichterbij en bleek hij vermoord. Had hij een rond rood gaatje in zijn voorhoofd. Een perfect schot. Het zou kunnen. Dat zou allemaal nog kunnen.

Stapje voor stapje sloop Daniël dichterbij. Eerst een stukje over de stenen, toen over het gras. Waar was de hond? Kon die elk moment aanvallen?

Vreemd, daar was hij niet bang voor. Misschien was bang ook niet het woord. Hij was zenuwachtig. Dat was het. Vreselijk zenuwachtig.

Hij was nu tot op drie meter genaderd. Nu moest hij dapper zijn. Hij hoefde alleen maar de eerste stap te zetten.

Ook de verste reis begint met de eerste stap, stond er in de agenda van zijn moeder. Dat hadden ze in China bedacht. En ze hadden gelijk.

In dit geval moest een kind de eerste stap zetten, want de volwassenen durfden niet.

'Hallo mijnheer Montani,' zei hij.

Het klonk vreemd. Zijn stem klonk vreemd. Had hij het te zacht gezegd? Nee. De man keek om. Hij glimlachte.

'Hallo Daniël,' zei hij vriendelijk. 'Wat fijn dat je er bent. Ben je alleen?'

Daniël knikte.

'Dat is heel goed. Kom. Wil je iets drinken? Wat wil je? Ik heb van alles.'

Daniël liep naar de man toe. Naast zijn zonnebed stond een dienblad op een tafeltje. Daarop weer allerlei flesjes en snoep.

Het was alsof hij iemand verwachtte. Zou hij ook ergens een pistool hebben? In de zak van de badjas? Als je zo rijk was, moest je toch misschien wel de hele dag bewapend zijn.

'Ga zitten. Cola?'

'Ja graag.'

De man pakte een flesje en een opener. Met een sis werd de kroonkurk eraf gewipt.

Hij schonk de cola in het glas. Zwijgend keken ze er samen naar. Een golf lichtbruin schuim vulde het glas en zakte weg in het bruinzwart daaronder.

'Alsjeblieft.'

'Dankuwel.'

Daniël ging zitten en dronk. Montani reikte naar een pakje sigaretten dat op het tafeltje lag. Hij klopte er eentje uit en stak die op met een aansteker die hij uit de zak van zijn badjas haalde.

'Roken is slecht,' zei hij. 'En ik was gestopt. Jaren geleden. Misschien wel een jaar of tien geleden.'

'En waarom rookt u dan nou weer?'

Montani keek hem aan. 'Zeg maar "je" en "jij" tegen me. Oké?'

Tien jaar geleden gestopt? Daniël dacht erover na. Dus ongeveer toen hij geboren werd. Ook toevallig. Was dat toevallig?

'Ik ga weer stoppen. Binnenkort. Morgen. Misschien wel vandaag. Misschien wel na deze sigaret.'

Het bleef weer even stil.

'Mijn vriend en ik denken dat u... Dat je van de maffia bent.'

Montani wierp zijn hoofd achterover en lachte hard. 'Denken jullie dat echt? Jij ook?'

'Ik dacht zelfs dat mijn moeder voor je werkte. Als huurmoordenaar of zo.'

'Jouw moeder een huurmoordenaar?' Weer lachte hij. 'Als ze het zou willen, zou ze het nog wel kunnen ook.

Jouw moeder is zo sterk. Veel vrouwen zijn dat. Mijn vrouw ook. Ze is zo sterk.'

'Ze is nu bij mijn moeder.'

'Ik weet het,' sprak de man ernstig. 'Zij is sterk en dapper. Ik niet. Ik kon alleen maar weer gaan roken.' Hij staarde voor zich uit. 'Zelfs jij bent dapperder dan ik. Jij komt naar mij toe.'

'Maar jij had cola voor me klaargezet.'

Montani keek hem aan. Stonden er tranen in zijn ogen?

'Ja, dat klopt. Ik had cola voor je neergezet. Voor als je zou komen. En sisi en seven up en cassis. Van alles. Ook snoep. Wil je iets?'

Daniël schudde zijn hoofd. Het leek een raar moment om snoep te eten.

'Hoe ben je erachter gekomen?' vroeg Montani. 'Zo opeens.'

'Ik zag in de papieren van de bank dat mijn moeder elke maand geld kreeg van Montani. En toen ben ik op zoek gegaan.'

De man glimlachte. 'Ja natuurlijk,' zei hij. 'Kleine jongens worden groot en gaan nadenken.' Hij stond op en liep in de richting van het zwembad.

Daniël keek ernaar. Weer viel hem op hoe de man liep. Alsof hij een heleboel films had gezien van iemand die zich zo bewoog. Maar dat waren dan dus geen maffiafilms geweest.

'Ik leerde je moeder ongeveer vijftien jaar geleden kennen. Ik was niet bij de maffia, maar ik had een paar kledingwinkels in Amsterdam. In de Kalverstraat. En dat komt eigenlijk op hetzelfde neer.'

76

Hij lachte, maar verstrakte onmiddellijk weer.

'Jouw moeder werkte een tijdje bij mij en ik werd verliefd op haar. En zij op mij. We waren zo vreselijk verliefd. Ik kon er niet van eten en slapen.'

Achter Montani vlogen de vogels van de ene tak naar de andere, zag Daniël. De wind was minder nu.

'Maar ik was getrouwd. En ik had een kind. Een dochter. Jarenlang waren je moeder en ik in het geheim verliefd op elkaar. Niemand wist het. Echt niemand. We ontmoetten elkaar in een hotel. Mijn vrouw wist er niets van. Heeft er nooit iets van geweten. Dacht ik. Dat dacht ik.'

Nu zweeg hij. Hij liep terug naar het zonnebed en plofte neer. Hij zuchtte en sloot zijn ogen.

'Bijna tien jaar geleden besloten je moeder en ik dat we niet verder konden gaan met elkaar. Ik had een gezin. Ik wilde mijn vrouw geen verdriet doen. Ik vond dat mijn dochter mij nodig had.'

Stilte. De wind stak weer op. Maar nu waren er weer geen vogels. Daniël schraapte zijn keel en hij stelde de vraag die al dagen door zijn hoofd spookte.

'Ben jij mijn vader?'

Montani hield zijn ogen gesloten. 'Ja, ik ben jouw vader.'

Een nieuwe geheime missie

'Ga je zwemmen?'

'Ja, maar niet in het Vijverbad.'

'Waar dan?'

Daniël keek om zich heen en aarzelde. 'Ik weet niet of ik je dat kan vertellen.'

Friso veerde op. 'Een nieuwe geheime missie?'

'Nog veel geheimer. Echt heel erg geheim.'

'Ik heb de vorige keer toch ook niks verder verteld? Mij kun je vertrouwen.'

'Oké dan, pak je zwemspullen en je fiets. Onderweg vertel ik het je wel.'

Friso sprong op en rende naar huis. In minder dan drie minuten was hij terug.

'Mijn moeder wil wel weten waar ik heen ga.'

'De mijne belt 'r wel even.' Daniël liep naar zijn moeder en fluisterde haar iets in het oor. Die knikte en glimlachte.

'Ik bel zo wel even,' zei ze.

Even later waren de jongens op weg.

'Ik weet al waar we naartoe gaan,' zei Friso toen ze het Rozenpark in reden. 'Mogen we daar dan zwemmen?'

Daniël remde. 'Wacht even,' zei hij. 'Eerst moeten we praten.' Hij stapte af en zette zijn fiets tegen een boom.

Friso volgde zijn voorbeeld. Verderop zaten weer twee meisjes. Waren het dezelfde als laatst?

'Luister,' zei Daniël. 'Je mag een paar dingen weten. Als je belooft het aan niemand te vertellen. Ook niet aan Vincent. Aan niemand!'

'Ik beloof het. Hand op mijn hart. Ik zwijg als het graf.'

Daniël keek even links en rechts. En hij keek even achter zich. Toen bracht hij zijn gezicht dicht bij dat van Friso.

'Montani is niet van de maffia,' zei hij zacht.

'Nee?'

'Nee. Hij is een geheim agent. Maar dat weet niemand.'

'Nee, natuurlijk. Anders zou het niet geheim zijn.'

'Precies.' Daniël ging in het gras zitten. 'Maar Montani werkt niet meer. Hij is te oud voor achtervolgingen.'

'Een geheim agent met pensioen.'

'Ssst. Niet zo hard.'

Ze keken om naar de meisjes. Die waren in druk gesprek en letten niet op. Nee, het waren toch niet dezelfde als vorige keer.

'Maar een geheim agent heeft veel vijanden,' vervolgde Daniël, weer met gedempte stem.

'Boeven die hij in de gevangenis heeft gestopt,' begreep Friso.

'En soms komen die vrij,' zei Daniël.

Friso knikte ernstig. 'Aiaiaj,' zei hij. 'Linke soep.'

'Nou is het mijn geheime missie om de boel daar een beetje in de gaten te houden,' vervolgde Daniël. 'Daarom ga ik daar zwemmen. Snap je?'

'Maar is dat dan niet gevaarlijk? Als er nou inderdaad boeven komen? Wij zijn jongens!'

'Dat is juist de truc.' Daniël stond weer op en pakte zijn fiets. 'Ons verdenken ze niet. En de meeste boeven zullen niet zo snel een jongen doodschieten.'

Friso keek toch wat angstig. 'De meeste misschien niet, maar Vincent heeft een film over een boef die dat wel doet.'

'Dat is maar een film. Film is niet echt. Kom je?' Daniël stapte op zijn fiets.

Zijn vriend aarzelde. Hij keek even naar de meisjes. Op dat moment kwamen er weer twee jongens aan lopen.

'Ik kom,' zei hij.

'We hoeven niet aan te bellen,' zei Daniël toen ze bij het huis aan de Bachlaan waren. 'We kunnen gewoon meteen doorlopen naar het zwembad. Mag van Fred.'

'Fred?'

'Meneer Montani.'

Friso floot tussen zijn tanden. Hij was duidelijk onder de indruk.

'Ben jij dan ook een geheim agent?'

'Nee joh. Daar ben ik te jong voor. Maar later wel. Ze laten me gewoon vast makkelijke dingetjes doen om te oefenen.'

'O ja, natuurlijk.'

Er was niemand bij het zwembad.

'Daar kunnen we ons verkleden. In dat huisje.'

Ze trokken hun kleren uit en hun zwembroeken aan. Een beetje fris was het wel, maar toen ze in het water waren gesprongen hadden ze daar geen last meer van. Het water was heerlijk.

Friso keek toch steeds een beetje angstig om zich heen. Hij verwachtte natuurlijk boeven met pistolen en messen.

Daniël moest er stiekem om lachen.

Toen ze een tijd hadden gezwommen, een hele serie bommetjes hadden gemaakt en tikkertje hadden gespeeld, kwam opeens het meisje aanlopen. Ze had een witte badjas aan.

'Hai Joyce,' zei Daniël.

'Hai Daan,' zei het meisje. 'Hallo Friso.'

Ze trok de badjas uit en ging met een op het zonnebed zitten. Ze droeg een bikini, een gele.

Toen pakte ze onder haar stoel een tube zonnebrand vandaan, kneep daar dikke druppels uit op haar benen en begon die uit te smeren.

Friso zat druipend op de rand van het zwembad en staarde ernaar. Met grote, wazige ogen.

Daniël zag het en trok hem het water in.

'Vergeet het maar,' zei hij zacht.

'Wat? Wat moet ik vergeten?'

'Ze houdt haar bikini aan als wij erbij zijn.'

Boven ging een raam open. Fred Montani stak zijn hoofd naar buiten en zwaaide. 'Is het lekker?' riep hij.

'In het water is het heerlijk,' riep Daniël terug.

En hij zwaaide.

Het geheim van Haye van der Heyden

Dit boek gaat over een jongen die zijn vader zoekt. Zelf ben ik opgegroeid zonder vader en dat is toch wel even anders dan met. Maar dat merk je pas later. Toen ik jong was, wist ik niet beter.

Mijn ouders waren gescheiden en mijn vader woonde in Italië. Vandaar misschien dat ik er in dit boek een Italiaan van heb gemaakt.

Ik zeg misschien, want ik weet het zelf ook niet. Dat is het gekke van schrijven: je bedenkt iets, maar je weet niet precies waarom je het bedacht hebt. Soms ontdek je dat pas later en soms kom je er helemaal nooit achter.

O ja, en dan nog iets: voor mij is het adres waar Daniël zijn vader vindt ook iets van toen ik jong was. Ik was namelijk jarenlang verliefd op een meisje dat op dat adres woonde: Bachlaan 23. Daarom zie ik het huis ook precies voor me. Ik ben er destijds wel duizend keer langs gefietst.

Haar vader was trouwens behoorlijk rijk, net als de man in dit boek. Zou ik daarom verliefd op haar zijn geweest? Het is niet te hopen. Hij was niet bij de maffia, geloof ik. Maar zeker weten doe ik het niet.

Hartelijke groet van
Haye van der Heyden

Pssst...

Wie heeft de GEHEIM-schrijfwedstrijd gewonnen?
Hoe heet het nieuwste boek?

Met de GEHEIM-nieuwsmail weet jij alles als eerste.
Meld je aan op

www.geheimvan.nl